Deu tempo...

O nascer de um novo dia

Catalogação na Fonte
Elaborado por: Josefina A. S. Guedes
Bibliotecária CRB 9/870

Moretto, Milton
M845d Deu tempo... O nascer de um novo dia / Milton Moretto. – 1. ed.
2024 – Curitiba: Appris, 2024.
114 p. ; 21 cm.

ISBN 978-65-250-5965-5

1. Poesia brasileira. 2. Tempo. 3. Amor. I. Título.

CDD – B869.1

Editora e Livraria Appris Ltda.
Av. Manoel Ribas, 2265 – Mercês
Curitiba/PR – CEP: 80810-002
Tel. (41) 3156 - 4731
www.editoraappris.com.br

Printed in Brazil
Impresso no Brasil

Milton Moretto

Deu tempo...

O nascer de um novo dia

FICHA TÉCNICA

SUPERVISOR DA PRODUÇÃO Renata Cristina Lopes Miccelli
PRODUÇÃO EDITORIAL Daniela Nazario
REVISÃO Andrea Bassoto Gatto
DIAGRAMAÇÃO Renata Cristina Lopes Miccelli
CAPA Kananda Ferreira
REVISÃO DE PROVA Raquel Fuchs

APRESENTAÇÃO

É de se esperar que os queridos leitores estejam se perguntando o porquê desse título num livro de poesias. Ocorre que meu sonho sempre foi de um dia poder publicar um livro! Os anos foram passando e só agora, já idoso, consegui realizá-lo. **DEU TEMPO...**

Durante anos, colocando no papel todos os meus sentimentos em forma de poesias, fui vivendo, a cada poesia escrita, a mesma emoção que todo pai sente diante do nascimento de um filho; algo tão grandioso e indescritível, como "**O nascer de um novo dia**", de novas esperanças e alegrias, prenúncio de um futuro cada vez melhor, de muita paz e amor!

É um livro de fácil leitura, em que poemas e poesias confundem-se, em que são retratados: o amor, o sofrimento, a saudade, o acontecido, o cotidiano, os valores da vida, palavras de autoajuda e pensamentos positivos.

Agradeço a Deus pela dádiva da vida e a todos os meus familiares e queridos amigos pelos incentivos! Aos meus saudosos pais, a minha eterna gratidão e saudades.

Coloco nas mãos dos queridos leitores, para análise e apreciação, este livro que escrevi com tanto amor e carinho, dedicado especialmente a vocês.

O autor

SUMÁRIO

PARTE I - AUTOAJUDA

ÁGUAS REVOLTAS ... 12
AUTOESTIMA ... 13
BARCO À DERIVA ... 14
CAMINHO INCERTO ... 15
COM AS PRÓPRIAS PERNAS ... 16
DIÁRIO DE MEMÓRIAS ... 17
DO NADA ... 18
ESPAÇO PARA VOAR ... 19
GRÃO DE AREIA ... 20
HIATOS ... 21
ILUSÃO ... 22
NEM SEMPRE! ... 23
NEM TUDO ESTÁ PERDIDO ... 24
O INSTANTE É AGORA ... 25
PAZ INTERIOR ... 26
VELOZ COMO O VENTO ... 27
VIVA O AGORA ... 28
VIVER A VIDA ... 29

PARTE II - AMOR

CORAÇÃO INDECISO ... 31
ELA ... 32
ENCRUZILHADA ... 33
ESTRELA SOLITÁRIA ... 34
ESTUDANTE APAIXONADO ... 35
JOIA DO GARIMPO ... 36
LÁGRIMAS ... 37
NÓS DOIS ... 38
O BEIJO ... 39

SOU EU 40
UM AMOR POR ACASO 41
VIDA A DOIS 42

PARTE III - REFLEXÕES

ABANDONADOS 44
A ENTRADA E A SAÍDA 45
A ESQUINA 46
A GOTA 47
AMIGO DE VERDADE 48
AMOR E ÓDIO 49
A PRAIA E O MAR 50
A LUA E O SOL 51
BOA VIAGEM! 52
CACOS DE VIDRO 53
CANTEIRO DE FLORES 54
CONDENADO 55
CHUVAS TORRENCIAIS 56
CRUZ PESADA 57
DESILUSÃO 58
DESPEITO 59
DURA PENA! 60
ESPERANÇA 61
FAZER O BEM 62
FUNDO DO POÇO 63
INCERTEZAS 64
INDIFERENÇA 65
INESPERADA FLOR 66
JOÃO-DE-BARRO 67
MÃE 68
NATUREZA EM PERIGO 69
NOITE EM CLARO 70
NO PALCO DA VIDA 71
O CONTRATO 72
O ESPELHO 73

OLIMPÍADA DA VIDA 74
O PESO DA IDADE 75
O PREÇO DA SAUDADE 76
O RECOMEÇO 77
O ROCEIRO 78
O TRÂNSITO DA VIDA 80
O VÍCIO 81
PALAVRAS TOLAS 82
PESADELO 83
POBRE MARIANA 84
PRESENTE DA NATUREZA 85
RETRATO DA VELHICE 86
SAUDADES DA ROÇA 87
SECA NO SERTÃO 89
SILÊNCIO 90
TANTAS COISAS 91
TRISTE REALIDADE 92
UMA LUZ NO FIM DO TÚNEL 93
UM SENTIDO PARA A VIDA 94
VERTENTES 95
VOLTAR NO TEMPO 96

PARTE IV - TEMAS DE ÉPOCA

A FESTA DO POVO 98
ANOS DOURADOS 100
BRINCADEIRAS DE CRIANÇA 102
CHUVAS DE VERÃO 103
É PRIMAVERA 104
FESTAS JUNINAS 105
NATAL SEM LUZ 107
O ADVENTO 108
O ENREDO DE SEMPRE 109
OUTONO 110
PÁSCOA! 111

Parte I

AUTOAJUDA

ÁGUAS REVOLTAS

Águas que contornam as pedras do caminho
Se tornam revoltas pelos obstáculos vividos,
Caminham céleres até o mar, seu grande destino,
Em etapas de calmaria e também de muito agito!

Em nossas vidas, os obstáculos que encontramos
Nos tiram da acomodação e nos servem de estímulos.
A vida não é nada fácil, tem os seus empecilhos,
Nem sempre vai terminar em um lindo "mar de rosas"
Se não soubermos superar os afiados e duros espinhos!

AUTOESTIMA

Dê asas à sua imaginação!
Deposite, num porto seguro, a sua felicidade.
Mesmo quando sentir que lhe "falta o chão"
Tenha autoestima, invista em sua criatividade!

Saia do desânimo, da tristeza e da dor da depressão.
O segredo é movimentar-se em busca de soluções.
Quanto maior o relacionamento com pessoas positivas,
Só vai lhe fazer bem e irá se sentir feliz, de bem com a vida!

Saia do seu "casulo", "dê a cara pra bater",
"Arregace as mangas", você não tem nada a perder!
O mundo é cheio de grandes oportunidades,
É só acreditar que seu sonho vai se tornar realidade!

BARCO À DERIVA

Estamos no mesmo barco,
Remando contra o tempo
Às vezes, enfrentamos a calmaria,
Outras vezes, a fúria dos ventos.

O leme é o desejo que nos guia
Em busca dos nossos sonhos.
Mesmo assim os contratempos
São ondas que não nos deixam
Seguir no adequado rumo.

Mas com fé e esperança,
Cedo ou mais tarde,
Para nossa felicidade,
Deus irá nos mostrar
Como devemos chegar
Ao nosso porto seguro.

CAMINHO INCERTO

Sonho sonhado
Vida vivida
Tudo realizado
Como se previa.

Sonho sonhado
Vida vazia
Tudo deu errado
Naquilo que se queria.

A vida é cheia de nuances,
Dá a todos as mesmas chances,
Nem sempre o que se sonha
Pode ser assim tão importante.

Existem diversos caminhos
Para se alcançar a felicidade,
Mas nem sempre os escolhidos
São os que tínhamos planejado.

COM AS PRÓPRIAS PERNAS

Caminhe com suas próprias pernas,
Você pode, você consegue!
O sol nasce para todos
E quem tem fé não esmorece!

O caminho pode ser muito sofrido,
Mas lembre-se!
Haverá sempre consigo
Quem lhe ofereça um ombro amigo
Para seu apoio, seu incentivo.

Deus estará sempre ao seu lado
Dando-lhe força e coragem,
Sempre pronto a lhe mostrar
O caminho certo a ser trilhado.

DIÁRIO DE MEMÓRIAS

Reaja! Saia dessa inércia!
O mundo lá fora te espera.
Mesmo já tendo conquistado
Uma rica e bela história,
Você terá tempo de escrever
Novas linhas de prazer
No seu Diário de Memórias.

No tempo que lhe resta e se esgota,
Um simples gesto que se anota
Pode ser o mais importante de todos
Dos que você já fez, o mais prazeroso;
Para os seus amigos, a sua maior vitória!

Nunca se dê por satisfeito,
Nunca diga: "Meu dever já foi cumprido",
Nunca se sabe qual o tempo a ser vivido.
Aproveite todos os momentos de sua vida,
Até ser escrita a última página do "livro"!

DO NADA

Do nada
Eu encontrei tudo
O que eu queria muito.

Sonhei, mas não esperava
Que a vida me fizesse feliz
Numa só tacada.

Quando menos se espera
As coisas acontecem,
Por Deus, na hora certa.

Não desanime, acredite,
O vento vai soprar a seu favor.
Tenha fé, seja firme!

ESPAÇO PARA VOAR

Vê se não me atrapalha!
Vá um pouco pra lá!
Eu preciso de espaço para poder voar,
Sem os apertos que possam me sufocar.
Subir... Subir até o meu objetivo alcançar.
Depois, quando lá chegar, quero planar
Como uma ave tranquila desafiando o ar
E desfrutar da boa vida que eu vier a conquistar.

Procure o seu espaço visando sempre ao alto.
Busque se destacar diante de tanta gente.
Não dispense a ajuda dos verdadeiros amigos.
Sem prejudicar ninguém valorize o seu caminho,
Até chegar o dia de se sentir feliz e independente,
Agradecendo a Deus por ter lhe dado saúde,
Pela sua luta e por ter sido assim tão persistente!

GRÃO DE AREIA

Somos tão pequenos
Diante desse universo imenso,
Como um grão de areia,
Movidos pelos desejos
De vivermos a vida por inteiro,
À procura de conquistas e crescimento.

Sempre unidos a outras pessoas,
Mantendo de pé a esperança
De nos tornarmos cada vez maiores.
Deixemos de lado o egoísmo e a vaidade,
Compartilhando o amor e a fraternidade,
Para o bem de toda a humanidade.

Somos minúsculos pontinhos.
Pensamos que não somos nada,
Mas, para Deus, somos de importância vital,
Diante de sua obra magnífica e colossal.

HIATOS

Hiatos em nossas vidas!
Espaços de tempo não preenchidos
Por cansaço, descuido ou indiferença,
Sabendo que a vida está aí para ser vivida.

Momentos que não voltam mais,
Mesmo que de tristezas ou de alegrias.
Não importa a carga que transportava,
É o trem que caminha célere para o fim da linha.

Sempre é tempo de pegarmos o último vagão
E aproveitarmos tudo que nos é dado de bom,
Preencher cada momento que se avizinha,
Viver intensamente esta vida tão linda!

ILUSÃO

Ilusão é a visão distorcida da vida,
É o sentido contrário dos nossos sonhos,
É sentir o revés da paixão recolhida,
É valorizar demais aquilo que não somos.

É ser enganado por percepções falsas,
Depois "chorar pelo leite derramado".
É até sentir prazer nas ilusões da vida,
Sabendo que a real felicidade mora ao lado.

Viver de ilusão faz parte do contexto,
Para uns serve de impulso para novos devaneios,
Mas sonhar o impossível não é o melhor conselho;
Fugir da realidade dos fatos causa sofrimentos!

NEM SEMPRE!

Nem sempre o que se planta
É tudo o que a gente colhe.
Nem sempre o que se colhe
Foi a gente que plantou.

Se você faz o bem a uma pessoa,
Nem sempre ela te agradece.
Mas sempre haverá alguém
Que te abençoe em preces.

O sol nasce para todos,
Nem sempre a todos aquece,
Nem sempre é só paz e alegria,
Existe sempre alguém que padece.

NEM TUDO ESTÁ PERDIDO

Pensei que tudo estava perdido,
Olhei de lado e a vi sorrindo.
De onde vem tamanha felicidade,
Se eu encaro a vida com dificuldade?

Para mim, a vida é por demais complicada,
E ela leva a vida com a mais absoluta calma.
Eu sei que pedras existem pelo caminho,
Saber transpô-las também é o meu objetivo.

Esquecer os problemas e as mágoas do passado,
Saber que, com o tempo, tudo será superado.
Aquilo que hoje se mostra um empecilho
Amanhã será de paz, um verdadeiro lenitivo.

Preparar o futuro com esperanças e otimismo,
Lembrar que "águas passadas não movem moinho",
Ser perseverante, ter fé, caminhar sempre tranquilo,
Confiar em Deus! Ele será sempre o nosso melhor amigo!

O INSTANTE É AGORA

Com apenas um instante do seu tempo
Faça dele uma eternidade,
Onde caiba todos os seus planos
Em busca da plena felicidade.

Na corrida do destino,
Nessa estrada tortuosa,
Dê o melhor de si
Por uma vida vitoriosa.

O que passou, já não importa.
Viva o presente, viva o agora!
Pois a vida é mesmo assim,
De repente, ela vai embora!

PAZ INTERIOR

Vá fundo! Elimine todo o mal pela raiz,
Não deixe sobrar nada do que te faz infeliz.
Perdoe! Plante a paz em seu coração, enfim,
Acabe com as mágoas que te deixam triste assim.

Tire os pensamentos negativos do seu caminho.
Eles não acrescentam nada, não são bem-vindos.
Seja positivo! Faça da felicidade o seu próprio ninho.
Não deixe que influências externas abalem seu íntimo.

Seja você mesmo, confiante, revestido de certezas.
Livre-se da angústia, da raiva e dos sofrimentos.
Nunca perca a coragem, a fé e o amor que semeia,
Seja correto e sirva de exemplo pela vida inteira!

VELOZ COMO O VENTO

A vida passa célere como o vento.
Nem sempre fazer o que sonhamos dá tempo.
O querer demais, às vezes, provoca atropelo.
A ansiedade neste mundo tão conturbado
atrasa e dificulta os nossos mais nobres anseios.

Se a vida for encarada com mais tranquilidade,
Em que tudo aconteça com a maior naturalidade;
Se agradecermos por tudo de bom que temos,
sem nos arrependermos de nada, sem desespero,
veremos que a vida é bela demais, uma benção!

Ao nosso redor a natureza, pelo que nos ensina,
deve ser admirada e compartilhada a todo o momento.
Não podemos nos manter nessa correria do dia a dia,
Devemos curtir o que de melhor o mundo nos fascina,
e deixar que a vida nos leve por um caminho de paz
e de alegria.

VIVA O AGORA

Viva a vida! Viva o agora!
Faça cada segundo
Valer um minuto,
E talvez uma hora.

Ame e seja amada,
Perdoe para ser perdoada,
Corra em busca de seus sonhos,
Ilumine a sua própria estrada.

Viva intensamente!
Seja feliz! Viva contente!
Pois quando menos se espera,
A vida se esvai de repente!

VIVER A VIDA

Danço conforme a música,
Nas batidas do meu coração,
No compasso do destino,
No balanço da paixão.

Vivo o dia a dia
Na direção do vento,
Lapidando as pedras do caminho,
Aceitando os sofrimentos.

Saio em busca dos meus objetivos,
Sem ressentimentos e com alegria
Vou alicerçando com carinho
As boas coisas da vida.

Parte II

AMOR

CORAÇÃO INDECISO

Vários amores foram esquecidos
Na busca por um amor ideal.
No peito, um coração indeciso,
Que ainda não deu o seu veredicto
Sobre quem será o escolhido
Para ser o seu amor imortal.

É o coração que dita as regras,
Não adianta querer insistir,
Pois um dia, quando menos se espera,
Vem a surpresa e o coração se manifesta,
Batendo acelerado, descompassado, em festa,
E avisa: esse é o amor que você tanto queria! O
amor que lhe fará feliz pelo resto da vida!

ELA

No mar dos meus sonhos
Ela é a minha sereia,
É o sangue que corre
Nas minhas veias,
É toda a ternura, a meiguice e o carinho,
É o farol que ilumina o meu caminho.
Sem ela navego na escuridão,
Sem rumo, perdido, sem direção.
Com ela me sinto bem amparado,
Sou muito feliz, vivendo ao seu lado.
Ela é meu grande amor, minha paixão,
É cada batida do meu coração.
Em troca, ela não me pede nada,
Quer simplesmente se sentir amada!

ENCRUZILHADA

Uma vida sem rumo
Numa encruzilhada,
Um caminho obscuro
Ao encontro do nada.

Estava sozinho,
Sem amor, sem carinho,
Como uma ave sem ninho,
Numa mata fechada.

Porém uma luz surgiu de repente,
Daquelas que mudam o destino da gente.
Apontou-me o caminho, por sorte minha,
Era tudo que eu sonhava e tanto queria,
Cair em seus braços, minha querida!
Estrada segura para minha vida!

ESTRELA SOLITÁRIA

Olhe!
Preste bem atenção!
Uma estrela a brilhar sozinha
Na imensidão do céu.
Parece ser minha,
Separada por Deus,
Entre todas as outras
É a que ELE escolheu
Para iluminar a minha vida,
Mostrar-me o caminho,
Presente divino
Que me leva a você:
Razão do meu viver!

ESTUDANTE APAIXONADO

Eu me esforço para estudar
E o amor não consente.
Entre os livros e meus olhos
Surge a imagem reluzente
Daquela por quem suspiro
Apaixonadamente!

Ora, seu rosto surge sorridente,
Como o raiar do sol em noite escura.
Ora, seu rosto aparece triste,
Que me faz pensativo, na amargura.

Mas é preciso estudar! O tempo voa...
Fim de ano, exames, na certa..."bomba",
Tudo isso nos meus ouvidos brada e ecoa,
Como a dizer: "Seus estudos estão sendo à toa".

Mas algo mais forte mexe comigo,
Não consigo me concentrar nem ficar tranquilo.
De repente, abro o livro e seu rostinho aparece lindo.
Assim é demais, chega! Adeus estudos, desisto!

JOIA DO GARIMPO

Garimpando a vida como um louco,
À procura de um amor verdadeiro,
Encontrou sua linda pepita de ouro,
Que o deixou, enfim, feliz por inteiro.

Pedras e cascalhos em seu caminho,
Nada de valor que o deixasse satisfeito.
Por fim, na bateia dourada de seus sonhos
Surge a pedra preciosa de seu maior desejo.

Uma joia rara, como imaginou ter um dia,
Com um brilho fascinante que irradia,
Iluminando de vez seu destino, sua vida,
A mulher de seus sonhos, sua maior alegria!

LÁGRIMAS

Olhos tão lindos
Marejados pelas lágrimas
Que escorrem pelo rosto
Como orvalhos numa rosa.

Saudades que nascem
De um coração pulsante
Como água cristalina
A brotar da fonte.

Saciando a sede
E o desejo ardente
De reencontrar, quem sabe,
Seu amor ausente.

NÓS DOIS

Alvorecer de uma manhã dourada,
No mais profundo sono, contigo sonhava.
Estavas tão linda, como uma flor perfumada,
E eu, ébrio de amor, te acariciava.

Nós dois andando de braços dados,
Na quietude suave dos caminhos,
O mais feliz casal de namorados,
Tal qual um casal feliz de passarinhos.

Que esse meu sonho se torne realidade,
Na total plenitude da minha felicidade.
Nós dois, cheios de luz e de esperança,
Como prenúncio de uma eterna aliança!

O BEIJO

A lua beija o mar, nas ondas refletida.
O sol beijando o céu, o cobre de esplendor.
O orvalho beija a erva rasteira da campina,
A borboleta suga o mel beijando a flor.

É o beijo a própria vida:
A invenção mais sublime do Senhor;
É o fogo que abrasa duas almas unidas,
É o prólogo e também o epílogo do amor.

Deixa que o amor expanda seus desejos,
A tua boca perfumada, ó, deixa-me beijar!
Porque somente amando é que se trocam beijos,
E só beijando é que se aprende a amar.

SOU EU

Quem se não sou eu
Que olho as estrelas
Procurando por você.

Que vejo beleza
No dia, na noite,
No amanhecer.

Em tudo que você
Me faz, ou me fez,
Por tanto amor e carinho
Sem eu merecer.

Quem se não sou eu
Que agradeço a Deus
Todos os dias
Por amar você!

UM AMOR POR ACASO

Foi de um flerte inocente,
Sem nenhuma pretensão,
Que uma nuvem envolvente
Tomou conta da paixão.

Seduzido por seus olhos,
No calor dos seus abraços,
Quando menos eu esperava,
Estava preso no seu laço.

Com o coração lanceado
Por um cúpido danado,
Que me fez apaixonado,
Ao seu amor, encarcerado.

Hoje, me sinto feliz ao seu lado,
Não quero a minha liberdade,
Pois em seus braços eu encontro
Toda a minha felicidade.

VIDA A DOIS

O amor chega de mansinho,
Não força a porta nem arromba o trinco.
De um simples olhar ou mesmo um convívio,
Nasce um romance para unir os destinos.

Dois corações e um só sentimento
Se sentem nas nuvens, despertam desejos.
É pura magia e encantamento,
São sonhos que afloram em seus pensamentos.

O amor perdura quando verdadeiro,
Quando nele se entregam de corpo inteiro.
A cumplicidade resiste aos contratempos,
A felicidade se faz bem maior que os sofrimentos.

A vida a dois não é simples nem tão complexa
Se houver doação e compreensão na dose certa.
O respeito, o carinho e o comprometimento
Fazem da união um elo de amor, um elo perfeito.

Parte III

REFLEXÕES

ABANDONADOS

Há crianças abandonadas
nos descaminhos das ruas da cidade,
Sem carinhos, sem amor,
Falta casa, sobra dor!
Calamidade!

Sem lar, sem família,
Ninguém a lhes acolher,
Esses menores abandonados
Se obrigam a "viver na sua",
Roubando para sobreviver,
Perambulando pelas ruas,
A delinquir, "pobres coitados"!

Tendo a droga por companheira,
A bebida para aquecer,
São crianças sem infância,
Vivendo sem esperanças,
Num completo "miserê"!

A ENTRADA E A SAÍDA

Entrar na vida
sem saber o que nos espera;
Dar os primeiros passos, hesitantes,
como se fossem obstáculos constantes,
Sem saber ao certo qual é o tempo
que nos é dado para viver nesta terra;
São dúvidas, são medos,
que o destino nos prega,
Mostrando que nem tudo são flores,
nem tudo é espinho,
Mas queiram ou não queiram,
esse é o caminho
De lutas e glórias,
sucessos e fracassos,
um aprendizado,
Que nos ensina, que nos prepara,
Pois sabemos que, no fim da vida,
A porta de entrada é a mesma da saída!

A ESQUINA

Ao dobrar uma esquina, quantas surpresas nos propicia:
O encontro com um amigo, que há muito não se via;
Uma antiga namorada, que passa toda faceira,
Como a dizer: "O amor foi apenas uma brincadeira!".

Um andante perambulando pela rua, todo maltrapilho,
Que para o sustento da família implora por um auxílio;
Um cão solitário, em busca de comida, revirando o lixo;
Um casal de namorados se beijando no escurinho.

Algumas vezes nos deparamos com a rua deserta,
Sem acenos de mãos, ninguém para uma conversa.
Assim é a nossa vida, uma grande incógnita,
Surpresas boas e ruins acontecem a toda hora.

A GOTA

A gota de orvalho
Umedece a terra,
Nasce uma flor;
A gota de um pranto
Escorre no rosto
Por um grande amor;
A gota de suor
É sinal de esforço
Do trabalhador;
A gota da vacina
É ação preventiva,
Ordem do doutor;
A gota de cerveja
É um grande prazer;
A gota de sangue
Faz alguém viver;
A "gota" se é artrite,
Essa ninguém merece,
Ela traz tanta dor
Assim que aparece;
A gota do amor,
Que me deu a vida,
Essa, sim, é benção divina,
Obra do SENHOR.

AMIGO DE VERDADE

O verdadeiro amigo
É o que sabe ser bom conselheiro,
Que abre o seu coração para o nosso aconchego,
Que não pede nada em troca para seu proveito.

Se estamos na iminência de errar,
Ele nos alerta e nos põe a meditar;
Se erramos está sempre presente,
Disposto a nos consolar;
Se acertamos, ele sempre se alegra,
E vem para nos incentivar.

Sempre preocupado
E atento aos nossos descaminhos,
Nunca nos deixa desamparados,
A caminhar sozinhos.

Este tipo de amigo:
Leal, companheiro e dedicado,
Que sempre nos deseja a plena felicidade,
Encontrá-lo hoje em dia é bastante raro!

AMOR E ÓDIO

Vibrações positivas e negativas
A todo o momento se espalham no ar;
São o bem e o mal sempre presentes,
Que se cruzam a nos influenciar.

O amor é o alicerce que sustenta
O edifício da paz e da felicidade;
O ódio é sentimento de maldade
Que nos aprisiona e nos condena
A vivermos em conflito, na descrença.

São emoções opostas que, muitas vezes,
Surgem ao mesmo tempo.
Eu também vivo esse momento,
Pois a amo e também me odeio,
Por amar demais
Esse amor que tenho!

A PRAIA E O MAR

Brisas que agitam as ondas do mar,
Tirando-o da insônia para a praia beijar,
Num acariciar constante sem nunca parar,
Ambiente harmonioso para se contemplar.

Gaivota solitária na areia a pousar,
Para devaneios de alguém que se põe a sonhar,
Um dia, quem sabe, seu amor reencontrar,
E, com carinho, venha o seu rosto beijar,
O mesmo beijo gostoso que a praia recebe do mar!

A LUA E O SOL

Porque você fica tão distante
Com esse seu olhar penetrante
Que me deixa inquieta, intrigante,
Eu, que sou sua amiga, sua amante?

Os seus raios de ternura
Me aquecem, me iluminam.
Sinto que me queres bem,
Que deseja minha companhia.

Vez ou outra, um intruso
Se coloca entre a gente
Para ofuscar nosso romance
E deixar-nos indiferentes.

A distância que nos separa
É grande, nunca tem fim.
Eu vou à sua procura
E você à procura de mim.

Sei que nunca sou tocada,
Você nunca me acaricia.
Nesta minha longa jornada
Vou cumprindo a minha sina.

Aí eu lhe pergunto:
Por que de mim não se aproxima?

BOA VIAGEM!

Ligue o "pisca alerta" para se prevenir dos perigos,
Acenda o "farol" para iluminar o seu futuro,
O "farol alto" pode ofuscar a vida de seus amigos,
Pelo "retrovisor" deixe de lado seu passado obscuro,
Observe apenas o que de bom aconteceu consigo.

Ao avistar algum obstáculo em seu caminho,
Use o "freio", reduza a "velocidade" e siga em frente;
Dentro dos "limites" que lhe são permitidos,
Use o "acelerador" em busca das oportunidades eminentes.

Não se esqueça de "abastecer" os seus sonhos,
Sejam eles simples, grandes ou audaciosos.
Não esmoreça, aperte o "cinto", tenha coragem!
Vá com Deus e **Boa Viagem**!

CACOS DE VIDRO

Fragmentos de um pobre coração dilacerado,
Como estilhaços de vidro por todos os lados,
Que ferem a alma de um ser apaixonado;
Saudades de um amor que se foi no inesperado.

O amor quando é demais nos aprisiona,
E quando se perde… sente, chora e reclama!
Depois, juntam-se os cacos novamente,
Forma-se um novo frasco de perfume inebriante,
Que nos acalma, nos seduz, acende de novo a chama;
É uma nova paixão que surge! Acabou-se o drama!

CANTEIRO DE FLORES

Prepare seu próprio canteiro,
Canteiro de terra adubada;
Plante sementinhas de amor,
Regue com lágrimas geradas
Pela emoção de ser o autor
De um jardim de lindas flores,
Que nascem entre os espinhos,
Obstáculos em seus caminhos,
Proteção para seus dissabores.

Flores de inebriantes perfumes,
Que nos atraem como beija-flores,
A cuidarmos com todo carinho,
Dos nossos filhos, nossos amores!

CONDENADO

Após ouvir a triste sentença,
Que ela proferiu com a maior frieza,
Mesmo pedindo por clemência,
Ele se sentiu humilhado, na sarjeta.

Sem saber por que foi condenado,
Logo entendeu o seu veemente recado:
Ela não queria mais viver ao seu lado
E o amor havia, enfim, terminado.

Fez dele um pobre e solitário, coitado,
Preso nas grades da saudade, algemado,
Sentindo na pele a dor de ter se apaixonado
Por alguém que tanto amou e o deixou abandonado.

Amar demais muitas vezes dá nisto:
Uma das partes pode romper o compromisso
E alguém inocente sai no prejuízo,
Injustamente acusado, com o coração partido.

CHUVAS TORRENCIAIS

Chuvas torrenciais em noite escura;
Fortes enxurradas, por um escape, procuram;
Entram pelas galerias profundas do pensamento
Para se colocarem, em prantos, no seu lugar derradeiro.

Limpam-se todas as mágoas; encharcam a vida por inteiro;
Ventos fortes que assobiam e me metem medo;
Procuro proteção; pessoas correm no desespero;
Depois, no silêncio, rezo para que tudo seja passageiro.

É quando… escuto e observo; antes, corro e fecho as janelas;
Dos trovões, o barulho; os relâmpagos que clareiam;
As luzes se apagam e procuro, em todas as gavetas, as velas;
Do amor acho falta; sinto muitas saudades dela!

CRUZ PESADA

Vou seguindo em frente… tropicando,
caindo, levantando, me cansando,
Levando a vida sobre os ombros,
Embora seja uma cruz pesada,
Que pode me levar ao alcance de tudo,
E muitas vezes ao encontro do nada.

Vai depender da sorte e do caminho escolhido,
Da fé e da esperança em meus objetivos,
Da perseverança, dos estudos e dos bons amigos.
Mágoas e invejas, não posso carregar comigo,
Mais cedo ou mais tarde tudo estará resolvido,
Pelo bem ou pelo mal, de acordo com o merecido!

DESILUSÃO

Um olhar:
Sedução;
Um sorriso:
Atração;
Um abraço:
Afeição;
Um carinho:
Emoção;
Um beijo:
Sensação;
Sexo:
Clímax da paixão.

Lágrimas:
Frustação;
Tristeza:
Depressão;
Distância:
Separação;
Mágoa
Sem perdão;
Dor
No coração.
Do amor,
Só recordação.

DESPEITO

Contudo,
Sobretudo
Confuso;

Correndo,
Tremendo
Ao relento;

Com medo,
Sofrendo
Por dentro;

Resolvendo,
Torcendo,
Querendo,
No momento,

O livramento
De um amor
Que é só despeito.

DURA PENA!

Eu fui um pássaro feliz, de lindas cores.
Passava o tempo livre, a voar,
Cantando alegre, sem jamais cismar
Pudesse um dia ser vítima
De um infeliz passarinheiro
E tornar-me, dele, um prisioneiro!

Por esse sofrimento atroz
Eu perdi de vez a minha voz.
Já não canto, em silêncio choro,
Deixei de ser um alegre canoro.
Mas mesmo assim, a Deus imploro,
Que salve a alma desse malvado
Que me mantém encarcerado.

E somente por eu ser bonito,
Mesmo sabendo que não cometi delito,
Sem dó nem piedade me condena
A suportar essa dura pena!

ESPERANÇA

O futuro é o presente
No nascer de uma criança;
É do seu sorriso inocente
Que nos vem a esperança.

Mais fé, certeza e confiança
Num amanhã risonho
Em que tudo seja realidade
E não apenas um sonho.

De um mundo mais humano
De amor e de paz,
Onde o ódio e a violência
Não reinem jamais!

FAZER O BEM

Se alguém bate à sua porta
À procura de auxílio,
Não indague ao andarilho
Da miséria que suporta.

Observe a sua pobreza,
Dê-lhe a sobra de sua mesa,
E terá, de Deus, a recompensa
Por tamanha benevolência.

Faça o bem sem olhar a quem,
Seja feliz ajudando alguém,
Sinta o coração leve como a brisa
E o aroma das flores em sua vida.

FUNDO DO POÇO

O lado obscuro de nossas vidas,
Onde as preocupações e as angústias
São aprisionadas, sem perspectivas,
Como se num quarto escuro, sem saída,
Que esperam sejam bem-vindas
Novas esperanças, novos sentidos para a vida,
Através de uma luz tênue e divina,
Que se infiltre, mais dia, menos dia,
Pela fresta da janela, e tudo ilumine!

É a prova de que o mundo gira:
Uma hora estamos por baixo, outra por cima.
A vida exige de nós coragem e ousadia.
Só consegue vitórias quem acredita,
Só sai do "fundo do poço" quem não desanima!

INCERTEZAS

A dor que o coração sente
Pela saudade de alguém ausente,
Não são lágrimas apenas aparentes,
São verdadeiros sentimentos latentes,
Que afloram do interior da alma carente
Após lutas com dúvidas e incertezas.

Será que vale a pena tanta tristeza
Por um amor que se mostra tão indiferente?

Dúvida cruel de quem se acha apaixonada,
Cega de amor que a faz, assim, desnorteada,
Que não consegue discernir o certo do errado,
Disposta a correr para os braços do seu amado.

Sem saber se a estrada a tomar é tranquila
Ou cheia de sofrimentos e encruzilhadas;
Sem saber se será bem-vinda ou escorraçada,
Por amor põe em risco a sua própria vida!

INDIFERENÇA

Não seja indiferente!
A natureza é tão bela e está sempre presente.
O sol nasce, desperta a vida e tudo clareia;
Os pássaros nos galhos, alegres, gorjeiam;
A flor desabrocha enfeitando o jardim;
Em cima do poste canta o bem-te-vi;
E você, indiferente, não está nem aí!

O dia se esvai com o sol poente,
Um espetáculo à parte na vida da gente;
A lua prateada, tão bela, sozinha,
Ilumina a noite de estrelas sem fim,
E você, indiferente, não está nem aí!

Os filhos em busca de sua atenção;
O bate-papo gostoso já não existe;
A comunicação sem palavras persiste;
O tempo, como um vento, vai passando,
E as obras de Deus vão ficando
Relegadas ao segundo plano.
E você, indiferente, não está nem aí!
Mas quando a "ficha cair", quem sabe!
Você passa a curtir menos o seu "WhatsApp".

INESPERADA FLOR

A planta que aflora da semente esquecida
Rompe a dureza do solo, na aridez da vida;
Nasce inesperada flor, talvez a mais linda;
Surge como única esperança, uma luz divina!

Regada de muito amor em clima de agonia,
Diante das dificuldades que assola a família,
É balsamo que inebria o passar dos dias,
Quem sabe seja a solução, mesmo que tardia!

Frente a frente com o maior dos sofrimentos,
Sem perspectivas, nada que lhes deem um alento;
Esperam que a solução possa surgir do encanto
De inesperados e extraordinários momentos!

JOÃO-DE-BARRO

Pássaro, arquiteto e construtor,
Fruto da surpreendente natureza,
Sempre fiel a sua companheira,
Vive com muita alegria, o exímio cantor.

Com destreza e grande força de trabalho,
Extrai uma porção de barro, à beira do riacho,
Voa, sem cessar, num vai e vem constante,
Até um galho de árvore ou um poste isolado.

Vai colocando barro, esterco, capim e palha,
Amassando com os pés e ajeitando com o bico,
Com a ajuda de sua única e eterna "namorada";
Um casal apaixonado construindo seu próprio ninho!

Sua casinha de barro vai se arredondando aos poucos.
A porta será contrária à direção dos ventos e das chuvas;
A obra estará terminada quando "rebocada" até o topo;
O "quarto" aconchegante aguardando as "núpcias"!

É um grande mistério a sua admirável obra, seu projeto!
Deus se faz presente, por ser um passarinho tão esperto!
Pois na natureza, tudo o que nos encanta e nos fascina,
É por vontade de Deus, é obra DIVINA!

MÃE

Na alegria de ver seu filho nascendo,
Transforma em luz o sofrimento;
Sempre dedicada ao bebê que amamenta,
Dá-lhe o sangue branco que alimenta.

Passa o tempo inteiro nos protegendo,
Dando carinho e seu amor verdadeiro,
Disposta a doar sua vida por inteiro,
Livra-nos dos perigos e dos contratempos.

Mãe é o sol que nos aquece,
O santo remédio contra tudo
que nos oprime e nos padece;
É a bussola que nos orienta
e nos conduz a um porto seguro.

Mãe presente é tudo!
Alicerce de nossas vidas;
Mãe ausente é saudade!
É dor que não passa, nos domina.

NATUREZA EM PERIGO

Cobra rastejante e sorrateira
Que abocanha a indefesa presa;
O leão faminto na espreita,
Da caça seus filhotes alimenta.

São alguns dos exemplos da sábia natureza,
Que preserva e mantém em equilíbrio
A sua imprescindível alimentar cadeia,
Em que os animais, ora caça, ora caçador,
Sempre na mesma equivalência,
Cada um da sua maneira,
Luta pela sua sobrevivência.

Já o homem, eterno predador,
De quem não se espera nada, só desamor,
Na ganância do quanto mais melhor,
Destrói as florestas, os rios e os mananciais.

De forma desenfreada e sem coração,
Vai acabando com os peixes e os animais,
Alguns quase em total extinção.
E a natureza já não sabe mais o que faz!
O que será das próximas gerações?

NOITE EM CLARO

Namorando a lua como lenitivo
Brisa da noite em rosto abatido
Na mente, pensamentos negativos,
À espera do amor quase perdido.

Momentos felizes são páginas viradas,
Tristeza em seu coração faz morada.
Dos olhos, lágrimas se soltam em cascata,
Não existe consolo, não se pode fazer nada!

As horas não passam, parece martírio.
O sono não vem! O que teria acontecido?
A angústia toma conta da noite infinda.
Infelizmente, nada de bom lhe propicia.
Amanhece o dia!

NO PALCO DA VIDA

Abrem-se as cortinas
E começa o espetáculo.
Em cena, um só ator se apresenta,
Num monólogo para uma plateia atenta,
Que aplaude, se emociona e chora,
Diante de um novo enredo, uma nova história.

Nasce com desejos de felicidades e glória,
Sai em turnê, confiante, pela vida afora,
Apresentando-se, procura o seu espaço,
Caminhando, passo a passo,
Por uma longa e tortuosa estrada,
Colecionando sucessos e fracassos,
Alcançando ou não os seus sonhos,
Até que um dia, já bem cansado,
Põe fim aos seus planos,
Do caminho escolhido, a sua sina,
Fecham-se as cortinas,
Termina o espetáculo!

O CONTRATO

Somos inquilinos de Deus,
Locatários de um espaço
Traçado pelo destino
Neste mundo encantado.

Só ELE tem em seu poder
A cópia do contrato;
Não discrimina o valor
De quanto será cobrado.

Nem de longe se imagina
Qual o prazo determinado,
É ELE quem decide
Quando o contrato será encerrado.

O ESPELHO

Reflete a nossa própria imagem,
Acompanha-nos por toda a vida;
Na juventude nos alegra,
Na velhice nos castiga.

Sem esforço, nem piedade,
Mostra-nos a realidade
Do tempo que não para,
Não perdoa, nos desgasta.

Fiel ao que se apresenta,
Não adianta contrariar,
O espelho faz a sua parte,
Nós temos que aceitar.

Mas se olharmos atentamente,
Nós podemos nos alegrar,
Pois Deus coloca beleza
Em tudo e qualquer lugar!

OLIMPÍADA DA VIDA

Correndo contra o tempo,
Saltando os obstáculos,
Remando contra o vento,
Velejando em seu espaço.

Vai **nadando** sem medo,
Com **força** nas **braçadas**,
Vai cumprindo seu destino,
Pedalando pela longa estrada.

Levantando o peso que sustenta,
Arremessando pra longe seus problemas,
Chutando pra escanteio com destreza,
Não dá **bola** pro estresse nem pra tristeza.

Sendo o **alvo**, a sua **tacada**,
Livra-se do **soco**, do **golpe** e da **cortada**,
Faz da **ginástica** seu esforço,
Atira-se como **flecha** em disparada.

E cruzando a **linha de chegada**,
Vai enfim **sacando** aos poucos,
Que na vida nem tudo é **PRATA**,
Muito menos **OURO**!

O PESO DA IDADE

Carrega nos ombros o peso da idade
Corpo judiado, peito ofegante
Vista cansada, rugas na fronte
Mãos tremulas, andar hesitante.

Sente-se feliz, pois sempre encontra um amigo,
Que lhe dê atenção e um pouco de carinho
Que troque com ele algumas palavras
Relembrando os bons tempos e as velhas piadas.

Vive a velhice com alegria e dignidade
Bem amparado entre amigos e familiares
Com quem toda sua experiência é compartilhada
Sempre valorizado em sua longa jornada.

Mas existem aqueles que não têm o mesmo destino,
Entre as pessoas passam despercebidos.
Não recebem a atenção e o valor merecidos,
São, por muitos, tratados como empecilhos.

Sentem-se desamparados, totalmente esquecidos;
Não recebem visitas nem mesmo de seus filhos;
Numa simples casa de repouso ou mesmo num asilo,
Aguardam com tristeza pelo inevitável último suspiro.

O PREÇO DA SAUDADE

Nossa! Quanto tempo de espera!
Cada minuto parece uma eternidade.
É o alto preço que se paga
Quando o assunto é a saudade.

Falta o beijo, falta o abraço,
Falta o carinho da amada;
E a gente não se aguenta,
Aguardando a sua chegada.

A saudade é sempre bem-vinda
Quando se tem alguém para reencontrar,
Pois se torna enorme a expectativa
De poder todo o amor demonstrar.

Triste é sentir a dor da saudade
E não ter com quem compartilhar.
Passam-se os dias e as noites em claro,
Sabendo que quem a gente ama
Se foi para nunca mais voltar!

O RECOMEÇO

A amizade se guarda no peito,
O amor, no coração;
A saudade se esvai com o tempo,
Como se arrastada pelo vento,
Que se perde na imensidão.

As alegrias e frustrações vão ficando para trás,
Vai-se a tempestade, vem de volta a paz;
Um novo sol aquece o coração sofrido,
Brilham seus olhos; no rosto, um largo sorriso.

De um ramo seco
Nasce a folha verde da esperança,
A simbolizar uma nova flor, uma nova fragrância;
É um novo amor! O recomeço!

O ROCEIRO

Amanhece o dia, divina alvorada
Alegre cantar da passarada;
O sol desponta trazendo alegria,
O galo desperta o homem pra lida.

Uma velha tapera de terra batida;
Luz de lampião ou à custa de velas;
O fogão de lenha pra preparar a comida;
Tramelas que fecham portas e janelas.

Pobre roceiro de mãos calejadas,
Põe-se a enfrentar a penosa jornada.
Com rugas no rosto e a fronte suada
Pelo sol que castiga a sua caminhada.

Plantando ou roçando, assim se inicia;
Gasta o seu tempo com galhardia,
Em busca do sustento, dia após dia;
Disfarça o cansaço, mostra simpatia.

Volta pra casa bem à tardinha;
Abraça seus filhos e a esposa querida;
Não dispensa a viola e a boa pinguinha
E as velhas modinhas em seu rádio de pilha.

À noite agradece a Deus por sua família,
Para que nunca lhes falte o pão de cada dia.
Mesmo sabendo que o que tem é quase nada,
Alegre se prepara para a nova empreitada.

Semeia a terra com grãos de esperanças,
Sonha com um futuro risonho pras suas crianças.
Assim leva a vida esse humilde guerreiro,
Que pela fibra e pela garra é um herói brasileiro!

O TRÂNSITO DA VIDA

Pegue o seu caminho
Traçado pelo destino;
Fixe em seus objetivos,
Vá em frente, sem medo.

Não importa os contratempos,
Que não são poucos, são muitos;
Muitas coisas em jogo, em disputa,
Aumentando o fluxo, o movimento.

Todos correndo contra o tempo,
Num ziguezague tremendo;
Uns respeitam os sinais de perigo,
Outros ignoram a existência dos mesmos.

Cada um por si, cada um "na sua",
Um verdadeiro caos, verdadeira loucura.
Todos procurando a melhor saída
Nesse complicado trânsito da vida.

O VÍCIO

Os pais aconselham, aflitos:
"Não entrem nas drogas, meus filhos!".
Mas eles, em sua maioria, não dão ouvidos,
Entram com tudo nesse maldito vício.

Tão devastador, quase sempre sem volta,
Que nos causa apreensão, muita revolta,
Ver jovens tão saudáveis no descaminho,
Mentes brilhantes aos poucos se esvaindo.

Talvez levados por más companhias,
Ou por depressão, estresse, sufoco do dia a dia.
Não importa o motivo, mas essa é a realidade,
Cenário triste e deprimente para nossa sociedade.

PALAVRAS TOLAS

Será que ele foi tão infeliz
Ao dizer aquelas palavras tolas?
Será que feriu, deixando cicatriz
No coração de quem tanto ama?

Ela fechou a cara, sumiu o seu sorriso,
Vive cabisbaixa, afastada dos amigos,
Querendo entender por que ele disse aquilo;
Para ela um total desprezo, verdadeiro castigo.

Vai aqui um conselho de amigo:
Quem a gente ama merece sempre o maior carinho.
Um simples deslize pode gerar um mal-entendido
E acabar com um romance que se desenhava tão lindo.

PESADELO

Noite sombria,
Calma e fria;
As ruas vazias,
Uma garoa fina,
Chovia!

Em meio à calmaria,
Ao longe se ouvia
Um cão que latia,
Minha única companhia.

E eu, em total agonia
E desenfreada correria
Por todas as esquinas,
Pra ver se eu via
Minha musa, minha vida.

Acordei assustado,
Voltou-me a alegria,
Ao ver que ao meu lado,
Ela, serena, dormia!

POBRE MARIANA

Rio Doce,
Das Minas Gerais
Ao Espírito Santo,
Águas cristalinas
Por entre os montes,
Alimentando a vida
De quem é amante
Da natureza que se mostra
Tão bela, exuberante,
Para os ribeirinhos
É tudo de mais importante.

De repente, do nada,
Pássaros em revoada,
Animais em disparada,
Ao povo, sem aviso,
Prenúncio de desgraça.
O límpido vira lama,
São lágrimas de sangue
Que soterra, mata,
Destrói a chama,
Os sonhos e as esperanças.
Pobre Mariana!
Tudo por culpa do próprio homem,
Da ânsia e da ganância.

PRESENTE DA NATUREZA

Cheguei, acomodei-me, era de madrugada;
No quarto, por uma porta-janela entreaberta,
Que dava para uma linda e espaçosa sacada,
Eu vi, com alegria e surpresa, o mar tão lindo,
Sobre suas ondas, as luzes da orla refletindo.

Uma brisa fresca, as folhas das palmeiras sacudindo,
O céu, meio nublado, aos poucos foi se abrindo,
E esplêndidos raios de luz, dourados, foram surgindo,
Prenúncio de que o sol, com toda energia e brilho,
Vinha vindo, num amanhecer de um novo dia, magnífico!

Fiquei a refletir quantos encantos a natureza nos irradia,
Muitas vezes desprezados pela nossa desenfreada correria,
Faltam-nos a paz, a tranquilidade e a sabedoria
Para aproveitarmos melhor o tempo que Deus nos propicia
E darmos um novo sentido à nossa vida!

RETRATO DA VELHICE

Corpo "sarado"
Saúde em dia;
Corpo suado
Esforço, academia.

Disposição pro trabalho
"Não tem pra ninguém";
No sexo, alta performance
E a alegria de viver.

Corpo cansado,
Que aos poucos se esvai;
Retrato da velhice,
É o tempo que nos trai.

De uma hora pra outra
Vamos perdendo a esperança.
Resta-nos apenas curtir
As boas e as saudosas lembranças.

SAUDADES DA ROÇA

Vejo aquela paineira na beira da estrada,
Embaixo, uma velha carroça toda empoeirada,
Que serve de abrigo pros bichos e pra passarada,
Que se desfaz com o tempo, é o fim da jornada.

Logo me vêm as lembranças dos tempos de outrora,
Quando o papai, sorridente, levava-me à escola,
Ia me dando conselhos, contando histórias,
É como um filme gravado em minha memória.

Ao abrir a porteira ouço o barulho do rio,
Bem ao longe o latido de um cão vadio.
Naquela velha palhoça de barro e de sapé,
Uma velha senhora fazendo café.

Vejo um forno de lenha pra fazer o pão,
O chiqueiro com porcos e o mangueirão,
Um bem formado canteiro, verduras fresquinhas,
Ciscando todo o chão se reúnem as galinhas.

Eu me vejo correndo descalço, com o estilingue na mão,
Fazendo mil travessuras, chamando atenção;
Passagens de uma infância que vivi por aqui,
Onde papai e mamãe foram muito felizes.

Só penso agora em morar nestas terras de novo,
Quero fugir da cidade, daquele alvoroço,
Quero curtir a natureza, quero a paz para mim,
Quero viver com a família neste recanto feliz.

Saudades da roça, da vida singela,
Suor do caboclo lavrando a terra.
O sol tem mais brilho, a lua é mais bela,
O céu é tão lindo, não vivo sem ela!

SECA NO SERTÃO

Em frente ao seu casebre,
No mais longínquo sertão,
Ele se lança em preces,
De joelhos, sobre a poeira do chão.

Chora copiosamente,
Pois se sente impotente,
Na luta contra o seu próprio destino
Para criar seus queridos filhos.

Diante dessa seca insistente,
Que assola o solo e as nascentes,
Roga aos céus e a Deus onipotente,
Para que a chuva venha finalmente.

Faça brotar o verde da esperança,
Água pros animais, leite pras crianças;
Molhe a plantação, quase toda perdida,
Única fonte de alimentos para sua família.

Mesmo assim, diante de tanta carência,
Ele insiste, luta, tem fé, não desanima.
Acredita que um dia virá a recompensa
E todas as suas súplicas serão atendidas.

SILÊNCIO

É dar tempo ao tempo,
É paz, reflexão, relaxamento,
É ouvir os sons da própria alma,
É planejar a vida com calma.

Valorizar o próprio corpo como um templo,
Esquecer os dissabores por um momento,
Refletir sobre o que é certo ou errado,
Saber que, em muitos casos, é melhor ficar calado.

É respirar fundo, elevar bem alto o pensamento,
É ganhar um novo impulso, na vida um novo alento.
Às vezes, é no silêncio que se dá a melhor resposta,
Um simples gesto, para um bom entendedor, basta!

TANTAS COISAS

Tenho vivido tantas coisas
Nesta vida que se faz longa;
Umas ruins, outras tão boas.
É o destino de todas as pessoas!

A cada passo uma nova surpresa,
Quebrando a rotina costumeira;
A cada obstáculo vencido a certeza
De que viver a vida vale a pena!

A vida se desenha em linhas sinuosas,
Altos e baixos acontecem a toda hora;
Caminhar em linha reta, na mesmice,
É deixar de viver, é a mais pura tolice!

TRISTE REALIDADE

Perambulando pelas ruas desertas e escuras,
Com o semblante carregado de desgostos e amarguras,
De olhos tristes, que vagueiam, buscando o infinito,
Lá vai aquele homem, sem rumo, maltrapilho,
À procura de alguém que lhe dê atenção e carinho.

Talvez carregue o peso de um amor não correspondido;
Ou é fruto do abandono e do desprezo de seus entes queridos;
Talvez vítima das más companhias e dos vícios,
Ou deixou de reaver tudo aquilo que havia perdido.

Não importa quais são os seus motivos:
Discriminado, ignorado, passando despercebido
Por pessoas que cruzam o seu caminho,
Que não distinguem quem é bom, quem é bandido,
Que não dão amparo, preferem ser indiferentes
Diante de um quadro sombrio, tão deprimente,
Que expõe a triste realidade de uma sociedade
cruel, sem o mínimo de compaixão, nem piedade;
Que deixa as pessoas à mercê da própria sorte,
Até o dia em que possam encontrar um anjo
Que lhes dê as mãos, que lhes dê um norte!

UMA LUZ NO FIM DO TÚNEL

Olhar perdido
No espaço vazio,
Escuro da noite,
Aquele arrepio.

No fim do túnel
Uma pequena luz
Mostrando o caminho
Que à vida conduz.

É a luz do farol
Do trem que carrega
Problemas, angústias,
Que vem e atropela.

Ou tudo não passa
De uma miragem,
Ou é um vaga-lume
Só de passagem?

Será uma visão,
Ou é mesmo a saída
Para minha salvação,
A luz da minha vida.

UM SENTIDO PARA A VIDA

Grito que ecoa por entre os montes,
Brisa que sopra seus cabelos esvoaçantes,
Lágrimas que escorrem em sua fronte,
Olhar fixo, ao longe, no horizonte,
Assim procura sentido em sua vida errante.

Segue sem destino, sem direção,
Como uma leve pluma flutuando no ar,
Procurando um chão firme para pousar,
Onde um novo sol possa brilhar
E de uma nova vida poder desfrutar.

Por que se deixou levar
Sem ao menos ver o tempo passar?

VERTENTES

Duas vertentes em nossas vidas,
Que muitas vezes fogem do nosso controle;
A corrente do mal procurando uma brecha
E a corrente do bem sendo ameaçada por ela.

Paralelas elas nascem e com o tempo se cruzam,
Mantê-las à distância ninguém consegue, é loucura.
Ser feliz a vida toda é um sonho que não perdura,
Em nossos contratempos é o mal que nos perturba.

Conviver com a maldade é sempre uma lição de vida.
No caminho da felicidade existem sempre as amarguras,
As longas estradas de flores têm também seus espinhos,
Saber transpô-los sempre nos mostra o melhor caminho.

VOLTAR NO TEMPO

É próprio da juventude
Acariciar o tempo e brincar de viver
Como se brinca de namorar,
Sem perceber ou se importar com os dias
Que giram o ponteiro de uma vida,
Em que projetos e sonhos se dissipam no ar,
E se desperdiça o tempo
Acreditando que o faz parar.

Época em que quarenta parece tão velho;
Setenta nem se imagina alcançar!
Mas na velhice, olhando para trás,
Noventa nos parece tão pouco,
E por tudo que a vida nos dá
Seria tão bom começar de novo!

Parte IV

TEMAS DE ÉPOCA

A FESTA DO POVO

O carnaval se aproxima,
Sem pierrô, sem colombina,
Sem a mesma magia,
Trazendo-nos a nostalgia
Das velhas marchinhas,
Dos confetes e das serpentinas,
Dos concursos de fantasias,
Dos foliões que se divertiam
Nos salões e nas avenidas,
Sempre em total harmonia
Pelo simples prazer da alegria.

Hoje, acuados, sem saída,
Diante do perigo das drogas,
Da quase nudez e do sexo à revelia,
São poucos os que se arriscam
A entrarem na folia, na anarquia.

Preferem o lazer e o descanso,
O retiro em seus planos,
Para fugirem do estresse e do cansaço,
Deste mundo agitado,
Da correria do dia a dia.

Espero que eu esteja errado
Nestas minhas mal traçadas linhas,
Esqueçam este velho ranzinza
E caiam na folia!
Feliz carnaval a todos!

ANOS DOURADOS

Quem é que não se lembra
Dos saudosos anos sessenta:
O homem chegando à lua,
Fim de semana, footing nas ruas,
Flertes em frente ao cinema.

As moças, lindas e faceiras,
Usavam roupas comportadas,
Vestidos e saias rodadas,
E o uso das minissaias se iniciava.

Os moços, de cabelos compridos,
Calças apertadas, boca de sino,
Como os ingleses Beatles;
De longas costeletas e topete,
Imitavam o ídolo, Elvis Presley.

Jovens com suas lambretas,
De couro eram suas jaquetas;
Época do iê-iê-iê da Jovem Guarda,
Da Bossa Nova e da Tropicália.

Tempo dos hippies e do rock,
E do festival Woodstock;
Época de músicas românticas,
Como as francesas e as italianas,

Que nos enchiam de emoções
E que embalavam os corações.

Início da TV em cores,
Anos de muitos amores,
Tempos que não voltam mais
E que não esqueceremos jamais!

BRINCADEIRAS DE CRIANÇA

Arremessa com a mão
E no desenrolar do cordão
Roda, roda o "pião";
No chão traçam-se as linhas,
Pula, agacha, no jogo da "amarelinha";
Atira a bola, acerta na molecada,
É o jogo da "queimada";
Entra na roda dos amiguinhos
Tenta pegar a bola no jogo do "bobinho";
Bate a corda rente ao chão
"Pular corda" é tudo de bom;
Joga a "búrica", acerta o buraco,
"Bolinha de gude" é o "maior barato";
Rebola, rebola, pra lá e pra cá,
Não deixa o "bambolê" parar de girar;
Bata embaixo com a palma da mão,
Não deixa a "peteca" cair no chão.

São algumas das brincadeiras de criança
Que nos trazem saudosas lembranças
De um tempo que não volta mais.
Perigo não havia, tudo era só alegria,
Viver na fantasia, em pura harmonia,
Em um mundo de amor e de paz.

CHUVAS DE VERÃO

Podem esperar que elas chegam,
Vêm com ventos fortes ao entardecer;
Derrubam árvores, provocam enchentes,
Causam estragos e vários acidentes.

Calor muito forte de um sol escaldante,
Vapores d'água em negras nuvens gigantes,
Que caem em chuvas de forma abundante,
Temporal que assusta até os mais confiantes.

Os amores passageiros são como chuvas de verão.
Corações que se aquecem com o fogo da paixão,
Elevam-se em lindos sonhos de uma vida a dois
E se findam em chuvas de lágrimas
Tamanha é a desilusão!

É PRIMAVERA

As árvores se mostram floridas,
O chão repleto de folhas caídas;
Estação tão linda, parece magia,
No perfume das flores que inebria.

Nos rios de correntezas cristalinas,
Peixes se debatem pedindo passagem;
Procuram a nascente para procriarem,
Depois voltam exaustos da longa viagem.

Pássaros em revoada, em alegre sinfonia,
Retornam aos ninhos para alimentar suas crias;
Época de reprodução entre os animais,
É quando a dança do acasalamento se faz.

Enche-se de luz todo o cenário,
Noites amenas de céu estrelado;
O nascer e o pôr do sol tão aguardados,
A lua tão bela pros namorados.

É a natureza em perfeita harmonia,
É a estação do amor e da alegria,
É a vida estampada em tela divina,
É a Primavera sempre bem-vinda.

FESTAS JUNINAS

A noite fria propicia o cenário;
Estrelas cintilantes enfeitando o céu;
O badalar dos sinos lá no campanário;
Balões errantes flutuando ao léu!

Fogueiras enormes esquentam os terreiros,
Enfeitados com bandeirinhas por inteiro;
No centro, o mastro com os santos padroeiros:
São Pedro, Santo Antônio e São João,
A quem os festeiros oram com fé e devoção!

Todos vestidos com seus trajes "caipira"
Logo se apressam para formar a "quadrilha";
O forró é animado ao som do sanfoneiro,
Da zabumba, do triângulo e do pandeiro!

Comidas típicas, próprias para a ocasião:
Pipoca, quentão, guloseimas de montão;
Uns se alegram com o estouro dos rojões,
Outros, sem noção, jogam bombinhas no chão!

Não há quem ao santo nesse dia não ore,
Louvando a festa e também o festeiro;
E há os que, confiantes, pisam no braseiro,
E mesmo descalços, pela muita fé, saem ilesos!

Corações apaixonados procuram pelo parceiro,
E todos se lembram do santo casamenteiro;
Festas das mais populares do folclore brasileiro,
Esperadas por todos durante o ano inteiro!

NATAL SEM LUZ

Cadê aquele Natal cheio de Luz,
Em que a figura principal era Jesus?
Cadê aquele momento contagiante
De um advento tão importante?

As igrejas, todas repletas de fiéis,
No maior respeito e devoção,
Ouviam o badalar dos sinos,
Entoavam as mais lindas canções.

Saudavam a chegada do Deus Menino,
Enchendo de esperança os corações;
Agradeciam as bênçãos que haviam recebido,
Elevando aos céus suas orações.

Hoje em dia perdeu-se muito o espírito do Natal,
O Papai Noel acabou se tornando a figura principal.
As igrejas, aos poucos, vão se esvaziando,
E Jesus sendo colocado em segundo plano.

Que o Natal volte a ter aquela antiga magia,
Em que o nascimento de Jesus era o que prevalecia,
Pois é ELE o nosso Mestre, o nosso Guia,
A quem devemos louvor todos os dias!

O ADVENTO

No céu, a Estrela Guia
Da mais intensa luz,
A todos os povos anuncia
A chegada do Messias,
Que nasceu numa estrebaria
Do ventre da Virgem Maria,
O Príncipe da Paz, JESUS.

Veio trazer esperanças e vida nova
Aos que seguem seus ensinamentos,
Em que o amor, o perdão e a caridade
São seus sábios preceitos
Para trilharmos o seu iluminado caminho.

Celebremos mais um Natal em família
Com muito entusiasmo, presentes e alegria;
Em orações, reflexões e novos planos de vida,
Reencontros, abraços sinceros e muito carinho,
Sempre agradecendo o aniversariante do dia,
O Menino Jesus, pelas bênçãos recebidas.

O ENREDO DE SEMPRE

E por falar em folia,
Não existe nostalgia,
Todo ano é a mesma alegoria,
A mesma cadência da bateria.

O povo, sofrido, enche as avenidas,
Clamando por soluções e melhorias,
Pulando, gritando, numa falsa alegria,
Para encobrir os problemas do dia a dia.

Sabem que tudo é ilusão, é fantasia,
Pois tudo acaba em "pizza", acaba em cinzas;
Nada se resolve, o povo é que se lastima
Vendo tanta corrupção, tanta propina!

OUTONO

Árvores nuas, sem folhas e flores;
Brisa amena, prenúncio de frio;
Beijos e abraços aquecendo os amores,
Sol pálido em céu cor de anil.

Período de transição, tempo de mudanças,
Tardes cinzentas, noites mais longas,
Em que as folhas caem deixando lembranças
Que inspiram beleza e uma grande esperança.

Esperança de ver renascer tudo de novo,
Renovando nossas vidas, nossos sonhos,
Ao vencer o inverno, mesmo que rigoroso,
Aguardando a chegada da primavera,
no desabrochar das lindas flores!

PÁSCOA!

É luz, é paz, é reflexão,
É tempo de renovação,
É ressurreição!

É o exato momento
De enchermos de amor o coração,
De rompermos com o passado,
De deixarmos de lado o que fizemos de errado.

Tempo de perdoar e ser perdoado;
É festejar a vida em harmonia e irmandade,
Bendizendo JESUS pela lição de humildade,
Que morreu na cruz para salvar a humanidade.

E ao renascer
Encheu-nos de felicidade,
Na esperança de uma vida nova
Cheia de bondade e fraternidade!

"Silenciar a voz do poeta
é como secar uma fonte
cristalina ou ter-se o céu coberto
com pano escuro a impedir o brilho
fulgurante das estrelas!"

Horácio Moretto

Feliz é aquele que tem um amigo que lhe oferece um bom livro.